D1660886

Publizéiert mat der Ënnerstëtzung vum Nationale Kulturfong

Notzungsrechter bei Luxorr op LORD.LU

Fir d'Isabelle

So mol, Lobo!

Lëtzebuerg 2018

Text: Christiane Kremer

Illustratiounen: Vincent Biwer

Korrektur: Myriam Welschbillig

Layout: Presss

Drock: Imprimerie Centrale

ISBN 978-99959-39-92-2

www.kremart.lu

So mol, Lobo!

Christiane Kremer & Vincent Biwer

„Pappa, wéi séier fiert däin Auto?"

„Firwat ass den Himmel haut net blo?"

De Lobo huet ëmmer Froen.

„Du frees engem Lächer an de Bauch", seet säi Pappa.

„Lobo, elo net, so mir dat méi spéit", seet seng Mamma.

„Wann déi grouss Leit schwätzen, mussen déi Kleng roueg sinn", mengt de Bopa.

„Lobo, wann s de eppes soe wëlls, muss du de Fanger weisen", erkläert d'Joffer an der Schoul.

„Kënnt Dir och e bëssi méi lues dobausse sinn, Kanner?", rifft d'Nopesch.

„Lobo, wat sees de? Ech verstinn dech net!", freet d'Boma.

„Lobo, ech hunn elo keng Zäit, dir nozelauschteren. Ech chatte mat menger Frëndin", äntwert seng Schwëster. Chatten, dat ass schwätzen ouni Stëmm.

„Wéi vill Stécker Schockela sinn am Schockelasbotter?"
„Firwat mécht d'Kaffismaschinn sou vill Kaméidi?"
„Wéi kënnt d'Zännseef an d'Tüb?"
„Mamma, firwat ass de Schaum an der Bidde wäiss?"

De Lobo wëll awer nach esou vill
froen, mä kee lauschtert him no.

„Wa kee mir nolauschtert, da muss ech och net méi schwätzen!"

De Lobo ass traureg an heemelt seng Kaz Pucki.

Net méi schwätzen ass guer net schwéier. Moies ass souwisou nach jidderee midd a keen huet wierklech Zäit fir dem Lobo seng Froen. Dofir stellt hie guer keng méi. An der Schoul muss hien einfach de Fanger net ausstrecken, da gëtt en och net vun der Joffer opgeruff. An der Paus ass et e bëssi méi schwéier, well jidderee wëll, datt de Lobo matspillt. Fussball am léifsten. Mä dofir brauch ee jo d'Féiss an net d'Stëmm.

Wann en eppes gefrot gëtt, wénkt de Lobo mam Kapp fir „Jo" a rëselt de Kapp fir „Neen".

Wann en eppes wëll, weist e mam Fanger drop. A wann e muss Merci soen, laacht en eng Kéier iwwer d'ganzt Gesiicht a weist mat dem Daum no uewen. Dat huet e bei deenen Erwuessene gesinn.

„Wat e brave Jong hutt Dir do", soen d'Leit zu dem Lobo sengen Elteren.

D'Joffer an der Schoul mécht him elauter Smileyen an d'Heft, well en esou brav ass.

A seng Schwëster fënnt hien endlech en „coole, klenge Brudder, deen net nervt".

Just d'Boma, déi net gutt héiert, freet:

„So mol, Lobo, hues du deng Zong verluer?"

Neen, rëselt de Lobo de Kapp. Seng Zong huet hien net verluer. Hie ka se nach ganz gutt erausstrecken, wann hie wëll weisen, datt him eppes net gefält. An hie schmaacht och nach de Schockelasbotter an all déi aner gutt Saachen, well mat der Zong schmaacht een, dat hat seng Mamm him eemol erkläert.

„Net schwätzen ass mega", seet de Lobo heemlech zum Pucki. Owes, wa se all scho schlofen, schläicht d'Pucki ëmmer am Lobo seng Kummer, da schwätzt de Lobo lues mam Pucki an d'Pucki schnuert haart mam Lobo. Si versti sech eben, d'Pucki an de Lobo.

Haut ass keng Schoul, et ass Samschdeg an och haut huet de Lobo nach net geschwat. Dat geet ganz gutt, fënnt hien, jidderee léisst hie mat Rou. Et ass wéi bei deenen Erwuessenen, well de Moien huet hien héieren, wéi d'Mamma zum Pappa sot: „Mir schwätzen net méi mateneen." An duerno hu se allen zwee an hir Handye gekuckt.

De Ball ass iwwer den Drot geflunn, de Lobo hat e falsch erwëscht, wéi en hannert dem Haus Fussball gespillt huet. Lo läit en doiwwer bei der Nopesch am Gaart. De Lobo klotert iwwer den Drot.

D'Nopesch, déi ëmmer rifft, et wier ze vill Kaméidi, wunnt net méi do. Wien elo do wunnt, weess de Lobo net.

Op eemol héiert de Lobo eppes hanneru sech. Hien dréint sech ëm a kuckt engem grousse Mupp mat virwëtzegen Aen an d'Schnuff.

An elo? De Lobo weess net, wat maachen. Fortlafen? Jäizen? Mam Mupp schwätzen? Jo, mä schwätzen a jäizen, dat mécht de Lobo jo net méi.

De Mupp billt kuerz, kuckt de Lobo a leeft séier hannescht bei d'Haus.

„Moien!" Uewe beim Nopeschhaus steet e klengt Meedche mat blonden Trëtzen an engem grousse Brëll. De Lobo wénkt mat der Hand, fir Moien ze soen.

„Huet de Micky dech erféiert? Hie billt heiansdo, mä hien deet der näischt."

De Lobo rëselt de Kapp a weist mam Daum no uewen, fir ze weisen, datt alles an der Rei ass. Dat klengt Meedche wénkt mat der Hand.

„Wëlls de hien eemol heemelen? Komm, e bäisst net."

De Lobo geet lues bei déi zwee a streckt d'Hand aus, fir de Micky ze heemelen. De Mupp kuckt hien, hieft seng Schnuff a léisst sech dann upaken. En huet esou e muussege Pelz, bal wéi d'Pucki, denkt de Lobo. Hie kuckt dat klengt Meedchen nieft dem Micky a laacht eng Kéier frëndlech.

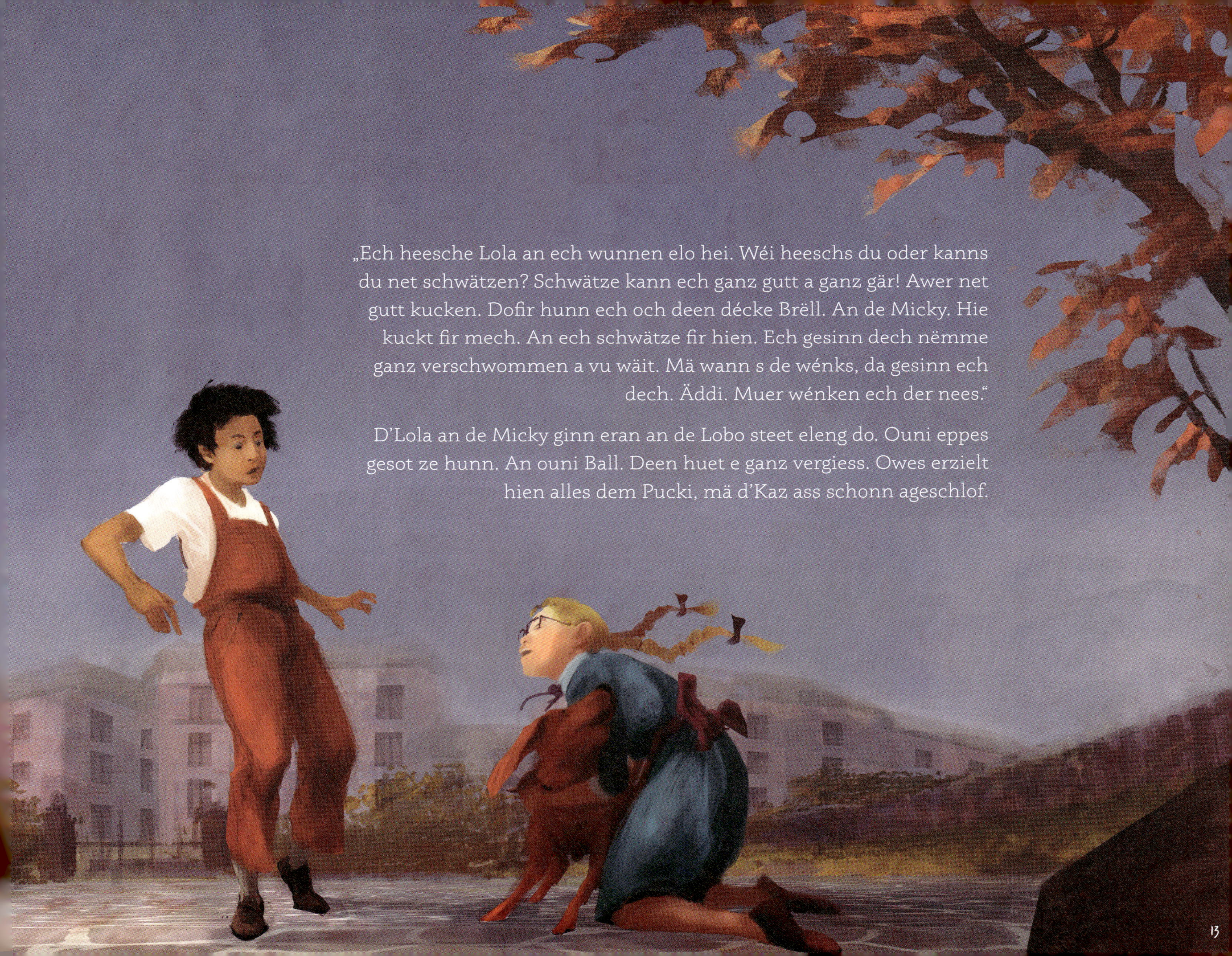

„Ech heesche Lola an ech wunnen elo hei. Wéi heeschs du oder kanns du net schwätzen? Schwätze kann ech ganz gutt a ganz gär! Awer net gutt kucken. Dofir hunn ech och deen décke Bräll. An de Micky. Hie kuckt fir mech. An ech schwätze fir hien. Ech gesinn dech nëmme ganz verschwommen a vu wäit. Mä wann s de wénks, da gesinn ech dech. Äddi. Muer wénken ech der nees."

D'Lola an de Micky ginn eran an de Lobo steet eleng do. Ouni eppes gesot ze hunn. An ouni Ball. Deen huet e ganz vergiess. Owes erzielt hien alles dem Pucki, mä d'Kaz ass schonn ageschlof.

Deen anere Moie wëllt hien am léifste guer net eraus, fir dem Lola net ze begéinen. Mä hie muss onbedéngt am Nopeschgaart no sengem Fussball sichen, dee gëschter eriwwergeflu war. Et ass nach alles roueg an de Lobo klotert iwwer den Drot. Op eemol héiert hien nees eng Stëmm hanneru sech. Hien dréit sech ëm.

„Ass dat hei däi Ball? De Micky huet e fonnt. Hei!"

D'Lola steet nees op der Terrass a geheit de Ball a seng Richtung. Hie fänkt en op a wénkt eng Kéier mat der Hand, fir Merci ze soen.

„Et ass gär geschitt! Wëlls de spillen? De Micky spillt sou gär mam Ball."

De Lobo kuckt d'Lola. Hatt laacht.

„Lola, komm eran, et ass Zäit fir z'iessen."

„Ech kommen direkt, Mamma. Kuck, Mamma, hei ass eisen Noper. Et war säi Ball, deen eriwwergeflu war."

„Moien Noper", seet dem Lola seng Mamm, déi och elo op der Terrass steet. „Hues de och en Numm?"

„Ech mengen, hie kann net schwätzen. Hie weist ëmmer just", erkläert d'Lola sou séier, datt de Lobo mol net derzou kënnt, de Mond opzemaachen.

„A sou! A schreiwe kann en och net? Soss kann e säin Numm jo an de Buedem schreiwen", mengt dem Lola seng Mamm.

Dem Lobo ass et e bëssi komesch, mä da moolt e mam Fouss déi véier Buschtawe vu sengem Numm an de Buedem: L O B O.

„Lobo? Deen Numm hunn ech nach ni héieren. Mä, so mol, Lobo, wann s de Loscht hues, kanns de jo bei d'Lola spille kommen. Hatt freet sech bestëmmt."

„Jo, cool, Äddi Lobo!"

A scho sinn d'Mamm, d'Meedchen an de Micky am Haus verschwonnen. De Lobo hätt lo gär geschwat a gesot, datt hie Laurent heescht. An datt hie sech selwer Lobo genannt huet, wéi e kleng war.

An dofir rifft nach haut jiddereen hie Lobo. Mä wéi soll en dat erzielen ouni Stëmm? A wéi dat an de Buedem molen?

LOB

„'t ass awer blöd, fir net ze schwätzen", seet de Lobo heemlech zum Pucki, déi grad vun hirem Tierche getrëppelt kënnt a sech widdert dem Lobo seng Been dréckt an haart schnuert. Si mengt dat sécher och esou, denkt de Lobo.

Nom Iesse spillt de Lobo nees mam Ball, déi Kéier viraus, fir datt en net méi an de Gaart vum Noper flitt. Op der Strooss ass et sonndes roueg. Ëmmer nees schéisst en de Ball géint d'Gaardemauer. Dat mécht Spaass, awer och Kaméidi. A schonn héiert e seng Elteren a seng Schwëster.

„Lobo, maach dach keen esou e Kaméidi!"

„Lobo, ech kann net a Rou meng Musek lauschteren!"

„Lobo, sief dach roueg, et ass Sonndeg an d'Leit wëllen hir Rou!"

De Lobo zitt
d'Schëlleren a schéisst
de Ball einfach héich
an d'Luucht, fir en
duerno ze käppen. Op
eemol héiert hie Gebills.
De Micky steet virun him
a billt vu Begeeschterung
fir matzespillen. De Lobo
schéisst de Ball erëm an
d'Luucht an de Micky spréngt vu
Freed mat.

„So mol, Lobo, kann ech och matmaachen?"

D'Lola ass och op eemol virum Haus. De Micky billt, d'Lola laacht an de Lobo fänkt de Ball.

„Lobo, schéiss mir de Ball, ech kann e gesinn, en ass jo grouss."

De Lobo hëlt de Ball mat der Hand a schéisst dem Lola en.

En huet guer net fest geschoss, mä d'Lola kritt de Ball net opgefaangen, e flitt widder säi Kapp a spréngt an déi aner Richtung. D'Lola laacht, dréit sech a wëll dem Ball nolafen. De Micky spréngt mat an d'Strooss, mä do ...
„Lola! Micky! Stoe bleiwen! Et kënnt en Auto!"
De Lobo jäizt ganz haart.

D'Lola erféiert a bleift stoen, de Micky och. Den Auto bremst. De Ball rullt iwwer d'Strooss. Et ass näischt geschitt.

D'Lola hat den Auto, dee lues gefuer war, net gesinn. Et ass richteg erféiert.

„Merci Lobo, datt s de mer gehollef hues!", seet et a wëscht e puer Tréinen ewech. „An ech hat gemengt, du kéints net schwätzen."

„Jo, mä du hues de Lobo jo net zu Wuert komme gelooss, Lola. Du schwätz ëmmer sou vill!", seet dem Lola seng Mamm, déi aus dem Haus gelaf komm ass, erliichtert.

De Chauffeur vum Auto an dem Lobo seng Elteren, déi och elo heibausse sinn, komme séier bei hien a klappen him op d'Schëller.

„Gutt Bouf, datt s du sou haart jäize kanns!"

Owes am Bett verzielt de Lobo dem Pucki, wat geschitt ass. An datt et wichteg ass, schwätzen ze kënnen a kucken ze kënnen, an datt hien elo fir seng Frëndin Lola matkucke wäert.

D'Pucki schnuert zefridden. Just wéi den Numm Micky fält, hält se een Ament op ze schnuren.

IWWER D'AUTEUREN

D'**Christiane Kremer** ass eng vun de bekanntste Lëtzebuerger Radiosstëmmen an ass Responsabel fir de Beräich Kultur bei RTL, huet awer och jorelaang d'Kanneremissioun presentéiert. Nieft dem Schwätzen, schreift si och gär: Theaterstécker, Cabaretstexter, Kuerzgeschichten a Kannerbicher. 2013 huet si de Verlag Kremart matgegrënnt.

De **Vincent Biwer** ass an enger Kënschtlerfamill zu Lëtzebuerg grouss ginn a war schonn ëmmer begeeschtert vu BDen a Videospiller. Mat 19 Joer huet hien dorausser e Beruff gemaach mat engem Diplom an engem Master an der Bande Dessinée vun der Académie Royale des Beaux-Arts zu Léck. Hie schafft als fräien Artist an digitalen Zeechner am „Concept Art". „So mol, Lobo!" ass dat éischt Kannerbuch, dat de Vincent Biwer illustréiert.

MÉI BICHER VUM CHRISTIANE KREMER

KUERZGESCHICHT:

De Wierdermoler

Mat hirer romantescher Erzielung (ISBN 978-99959-830-1-7) huet d'Christiane Kremer de Grondstee geluecht fir déi erfollegräichst Serie an der Geschicht vun der Lëtzebuerger Literatur, der Serie „Smart Kremart by Kremart Edition". 20 där mini Bichelcher ginn et. Si hu just 36 Säiten a kaschten nëmmen 2,99 Euro.

KANNERBICHER:

Mammendag

Modern Familen: Eng faarweg Geschicht an e Plädoyer fir d'Toleranz
ISBN 978-99959-830-0-0 | 32 Säiten, 15 €

Poli & Maisy

Zweesproocheg, lëtzebuergesch-franséisch:
D'Geschicht vun enger aussergewéinlecher Frëndschaft
ISBN 978-99959-39-38-0 | 32 Säiten, 18,99 €

IWWERSETZUNGE VUM CHRISTIANE KREMER

DÉI KLENG PRINZESSIN:

D'Christiane Kremer huet dem Tony Ross senger klenger Knätzel Lëtzebuergesch bäibruecht. All Geschicht huet 30 Säiten a kascht just 12,95 Euro.

Ech wëll net an d'Bett!
ISBN 978-99959-39-61-8

Mir ass et schlecht!
ISBN 978-99959-39-62-5

Ech wëll meng Hänn net wäschen!
ISBN 978-99959-39-63-2

Ech maachen dat selwer!
ISBN 978-99959-39-64-9

Ech wëll d'Luucht un!
ISBN 978-99959-39-65-6

Ech war dat net!
ISBN 978-99959-39-66-3

Ech hätt och gär Frënn!
ISBN 978-99959-39-67-0

Ech wëll eng Gutt-Nuecht-Geschicht!
ISBN 978-99959-39-68-7

ANER BICHER:

Potti-Musek
Vum Guido van Genechten
Mat richteger Musek fir kleng Potti-Museker!
ISBN 978-99959-39-82-3, 32 Säiten, 20 Euro

Blosen, tréischten, Plooschter drop
Vum Henning Löhlein a Bernd Penners
Mat fënnef faarwege Spill-Plooschteren!
ISBN 978-99959-39-34-2, 16 Säiten, 10 Euro

Kuschel, Kussi a gutt Nuecht!
Vum Henning Löhlein a Bernd Penners
Mat fënnef Petzie fir ze pechen!
ISBN 978-99959-39-95-3, 16 Säiten, 12 Euro

De klenge Fuuss geet an d'Vakanz
Vum Sophie Ledesma
Mat engem Zauber-Fotoapparat fir Geheimnisser ze entdecken!
ISBN 978-99959-39-79-3, 22 Säiten, 12 Euro

D'Geschicht vun der Faarfdrëps an der Schnéiflack
Vum Pierdomenico Bacchalario, Alessandro Gatti a Simona Mulazzani
E modernt Mäerchen aus Italien, dat ee vu vir a vun hanne liese kann!
ISBN 978-tttt-39-07-6, 52 Säiten, 22 Euro

A mengem klengen Häerz
Vum Jo Witek a Christine Roussey
E klengt Häerz mécht sech op a weist seng grouss Gefiller.
ISBN 978-99959-39-36-6, 28 Säiten, 18 Euro